RAINER MARIA RILKE

DER RATH HORN

WAS TOBEN DIE HEIDEN?

Erzählungen aus dem Nachlaß
Mit einem Nachwort
von Moira Paleari

Insel Verlag

Satz: Hümmer GmbH, Waldbüttelbrunn
Druck: Nomos-Verlagsgesellschaft, Baden-Baden
Printed in Germany

Erste Auflage 2000

1 2 3 4 5 6 – 05 04 03 02 01 00

Mein Motto: Patior ut potiar. Für die Gegenwart hege ich heißes Streben nach Licht, für die Zukunft eine Hoffnung und eine Furcht. Hoffnung: Inneren Frieden und Schaffensfreude. Furcht (als erblich nervös belastet): Wahnsinn!

R. M. Rilke, am 29. Januar 1896

Eine gute Prosa [. . .] ist nicht unbewußtes Gestehen, sondern bewußtes hartes Ringen mit Stoff und Form . . .

R. M. Rilke in: *Moderne Lyrik*, 1898

DER RATH HORN

Aus der Handschrift
transkribiert und herausgegeben
von Moira Paleari

Hatte einen alten Großoheim. Der wußte wunderlich zu erzählen. Wenn ich bei ihm saß in seiner hohen, wohlgescheuerten Stube, wo die steifbeinigen Rundstühle so gemütlich um den großen glattgebohnten Tisch standen, und mächtige Bücherreihen so ernst von den Wänden niederschauten, da ermüdete er nicht zu erzählen und zu plaudern. Oft waren es schnurrige tolle Erlebnisse mit unmöglichen Situationen, öfter aber noch gar unheimliche spuckhafte Geschichten, die der Ohm mit so geheimnisvoller Stimme kundtat, daß mir, dem lauschenden Jungen, ein kalter Schauer über den Rücken rieselte und ich mich gar nicht umzusehen traute in dem dämmerigen weiten Zimmer. Mehr aber noch als alle diese Geisterlebnisse hat mich immer eine Geschichte interessiert und ergriffen. Oft und oft mußte mir der alte Herr dieselbe wiedererzählen. – Ich weiß sie heute noch, und will sie ganz in der Art, wie er sie darzustellen pflegte, wiedergeben:

War ein Bub' noch ein dummer Dreikäsehoch und Naseweis. Da lebte in unserer Stadt ein alter Herr. Täglich konnte man ihn sehen. Um die dritte Stunde des Nachmittags begann er immer seinen Spaziergang unter den Lauben des Ringplatzes. Er trug einen verschossen langgeschößelten* Rock mit sehr hohem Kragen und eine schwarze steife Halsbinde. Den Hut hatte er tief in die Stirne gedrückt; die linke Hand ließ er stetig am Rücken ruhen, während die Rechte krampfhaft ein gelbes Rohr hielt, dessen goldenen Knopf er beständig an die dünnen Lippen preßte. Er schien Niemanden zu bemerken und erwiderte selten die Grüße, die ihm allenthalben dargebracht wurden. Die ihm begegneten, raunten einander zu: der Rath Horn, – der Rath Horn.

Das war aber auch Alles, was sie von ihm wußten – höchstens noch, daß er draußen am Ende des Städtchens in einem einsamen grauen Häuschen wohnte und daß eine Matrone, die ebenfalls ewig unverändert aussah, ihm die Wirtschaft führte. Seit Menschengedenken lebte er in M .....** – Wo er sich den Titel Rath erworben und als Mitglied welcher Körperschaft er ihn führte – konnte niemand angeben. – Man munkelte allerlei von Verrücktheit .... aber das war ja Unsinn. Kurz er war einfach der Rath Horn, Kaspar Horn. –

Wir Burschen begegneten ihm täglich; wir verließen gerade die Schule, wenn er seinen täglichen Gang

* Abgeleitet von *Schößel*, österreichisch für Schößchen, Hüftteil mancher Kleidungsstücke.

** Vermutlich Mährisch-Weißkirchen, wo Rilke 1890-1891 die Militär-Oberrealschule besuchte und bis zum April 1891 blieb.

abhaspelte. Ich zählte etwa 16 Jahre* und meine Genossen wenig darüber oder darunter. Aber sie waren alle rechte Kinder! Sie standen nicht ab, den stillen alten Mann durch Lächerlichkeiten und dumme Hohnworte zu kränken. Anfangs war auch ich dabei. Nach und nach aber flößte mir das Wesen des Rathes eine so ehrfurchtsvolle Scheu ein, daß ich, wenn ich seiner gewahr wurde, mich von den Gefährten trennte, an der Straßenecke stehen blieb, und wenn jener vorüber schritt, eiligst und tief meine Mütze zog. Natürlich sah mich Herr Horn meistens nicht. Eines Nachmittages aber, als ich meinen Gruß besonders auffallend wiederholte, wandte er mir wie erschrocken den Kopf zu, senkte ein wenig sein Rohr zum Danke und ging wieder seines Weges. Ich aber war stolz und glücklich. – Ein Schwärmer, wie ich damals war, das Herz voller Spuckgeschichten und Abenteuerlust, fand bald so viel Gefallen an dieser sonderbaren Persönlichkeit, daß ich mit einer über mein Alter hinausgehenden Entschlossenheit mir vornahm, dem Rathe zu folgen und nicht zu ruhen, bis ich etwas mehr über sein Leben und Schicksal wüßte. Daß das eigentlich eine Vermessenheit sei und überdies nicht gar leicht, fiel mir nicht bei.

* Die Altersangabe entspricht dem Alter Rilkes im Jahre 1892. In den Jahren 1891-1896 entstand höchstwahrscheinlich die Erzählung *Der Rath Horn.*

Plan ward Tat. Tag für Tag schritt ich hinter dem alten Herren einher. Immer hoffte ich und fürchtete zugleich, er würde sich umsehen, mich erblicken und ausfragen. Nichts dergleichen jedoch geschah. Der Rath ging in derselben Weise wie auf dem Ringe, den Stock an den Lippen, fort, vor seinem Hause blieb er plötzlich stehen, öffnete die kleine Türe, schlüpfte durch einen Spalt hinein – und im nächsten Augenblicke hörte ich, wie der Schlüssel sich im Schloß stöhnend umwälzte. Krach! Und ich stand vor der verschlossenen Türe.

Schon verzweifelte ich trotz all meiner jugendlichen Hoffnungsfreudigkeit an meinem Unternehmen, als ein günstiger Zufall mir unerwartet zu Hilfe kam.

Es war ein schlimmer Herbsttag. Die Luft war grau, der Gangsteig glänzte und der Wind peitschte einen dünnen Sprühregen her und hin. Herr Horn kam wie immer. Ich folgte ihm nach, wie immer. Schon war er nah seinem Hause, und ich überlegte halb trotzig, halb mißmutig, daß dies das letzte Mal gewesen sein sollte, daß ich diesen aussichtslosen Spaziergang unternommen hätte.

Da fühlte ich einen jähen Windstoß, – und im nächsten Augenblick kollerte etwas Schwarzes mit wirbelnden Ungestüm an mir vorbei. Ich blickte auf. Rath Horn stand kaum zwei Schritte vor mir – ohne

Hut in arger Verzweifelung. Der Sturm hatte ihm den alten Cylinder geraubt. – Ich war schnell entschlossen hinterher auf der Jagd. Lang mußte ich laufen, die ganze Allee zurück – bis endlich der Flüchtling heftig an einen Baum anrollte und so den bedeutenden Vorsprung, den er erlangt hatte – rasch einbüßte.

Mit fliegendem Atem, hochroten Wangen, voll Hast und Freude rannte ich zurück zu dem alten Herrn. Dieser nahm seinen Hut ganz wie wenn das alles selbstverständlich wäre in Empfang, stülpte ihn, ihn vorn und hinten drückend, auf sein graues Haar, strich mir leise mit der Hand über das Gesicht, sagte mit weicher Stimme: »Danke, mein gutes Kind!« machte kehrt und schritt den Stock an die Lippen haltend seinem Heim zu. –

Ich zitterte vor Wut und Enttäuschung. – Ich lief nachhaus und weiß noch, daß ich einen großen Teil der Nacht in mein Kissen weinte, bis mich die Ermattung übermannte. So sehr es mich auch am kommenden Nachmittage wieder hinauslockte, ich blieb standhaft und folgte dem Undankbaren nicht. –

Etwa 3 Tage waren darüber gegangen. Da ging ich eines Tages ganz in Gedanken von unserer Lateinschule heim, – und als ich an einer Ecke aufblickte, wer stand – vor mir? – Rath Horn. –

Ehe ich noch recht wußte, was ich tun sollte, sagte

er leise und legte mir dabei die Hand auf die Schulter:

»Ich habe mich erkundigt, – du bist ein braves Kind – komm! –«

Ich folgte. Das Herz schlug mir laut vor Freude und Furcht.

Auf dem Wege sprachen wir kein Wort.

Wir betraten schweigend sein Haus.

Mein Schritt gellte so laut auf den roten Ziegelfliesen des Flures, daß ich zusammenzuckte. – Der Vorraum, in den wir jetzt kamen, war dunkel. Große schwere Kästen hoben sich in ungewissen Umrissen von der grauen Wand ab und warfen riesige schwarze Schatten. Umso freundlicher war das Stübchen, das wir jetzt betraten. – Blumen standen auf dem breiten Fensterbrett. Hart davor ein kleines Tischchen. Dann ringsum Schränke mit Büchern, verstaubte Stahlstiche hinter glatten Gläsern und hohe Stöße von Schriften und Zeitungen auf den blendend weißen Dielen. – Der Rath ließ mich setzen. Mit Staunen ward ich gewahr, daß in dieser Umgebung sein mürrisch ernstes Wesen verändert sei. Sein Auge ward hell und beweglich, seine Stimme rein und anheimelnd. Ich mußte ihm erzählen, das und dies; und ich plauderte dann auch tüchtig drauf los; die Erfüllung dieses schon fast aufgegebenen Wunsches versetzte mich in die heiterste Laune und löste mir die Zunge.

Das schien ihm zu gefallen. Er rückte näher an mich heran, klopfte mir gar lieb auf die Wange und brachte mir schöne Bilder zum ansehen und auch einen Teller süßer Naschereien. Beglückt und enttäuscht zugleich schied ich nach vier Stunden von ihm. Beglückt durch diese entzückende wohlwollende Freundlichkeit – aber enttäuscht durch das heitere und offene Wesen des Mannes, in dessen Innern mein abenteuerlustiger Sinn furchtbare, dunkle Geheimnisse vermutet hatte.

Meine Besuche wurden immer häufiger. Schließlich suchte ich jede Woche dreimal meinen lieben Gönner auf; seine alte Dienerin sah ich nie. Wir saßen immer allein beisammen in derselben Stube und sprachen über gar Manches. Er fand mich sehr verständig für mein Alter und sagte mir dies unverhohlen heraus. Aber so schlau ich es auch anstellte, so leise und behutsam ich darauf hinlenkte, Näheres über das Schicksal, das ihn so menschenfeindlich gemacht, zu erfahren – mein Bemühen blieb erfolglos. So oft er ein derartiges Bestreben bemerkte, brach er jäh ab, nahm ein Buch vor, oder füllte mir den Mund so mit Süßigkeiten, daß ich notwendig schweigen mußte.

Herbst und Winter waren also vergangen. Der Frühling sandte seine ersten Boten über Land, und die Bäume vor des Rathes Fenstern begannen kleine grüne Knöspchen zu treiben. – Ich wiederholte nach wie vor meine Besuche, und es war mir immer mehr offenbar geworden, daß mein väterlicher Freund über ganz bedeutende Kenntnisse verfügte, da er meiner frischen Schulweisheit, die ich mit dem Stolz eines vorzüglichen Lateinschülers auskramte, stets eine durch männliche Erfahrung gefestigte, stattliche Ansicht gegenüberstellte. – Einmal, als die junge sieghafte Sonne besonders hell durch die schneeweißen Gardinen guckte, legte mir der Rath wieder die Hand auf die Schulter – und sagte zögernd:

»Nun, – und was möchtest denn du werden, Paul?«

Ich überlegte nicht lange.

Ich hatte mich in der Lateinstunde gerade an Horatius' herrlichen Oden begeistert und rief daher lachend:

»Ein Dichter möcht' ich werden, – ein Dichter – wie Horatius wie ...«

Das Wort erstarb mir auf den Lippen.

Ich erkannte den alten Mann vor mir kaum wieder.

Sein Antlitz war aschfahl geworden, seine Lippen zuckten und in seinen Augen tauchte tief ein namenloser Schmerz auf. Er zog seine Hand, die ich beben fühlte, rasch zurück und strich sich ein paarmal über die bleiche Stirne. –

Mir lief es kalt durch die Glieder.

Ich wäre am liebsten aufgesprungen und davon geeilt.

Aber ich wußte auch, jetzt stünde ich dicht vor der Stelle, wo das Geheimnis, dem ich nachzuspüren gewagt hatte, vergraben lag.

So blieb ich denn. In den Gliedern glaubte ich Bleischwere zu empfinden. Ich starrte den Rath unverwandt an.

Wie er jetzt matt die zitternde Hand von der Stirne gleiten ließ, erschrak ich, wie greisenhaft diese Züge in den wenigen Minuten geworden waren. – Herr Horn sah so aus, wie ich mir einen Toten – (gesehen hatte ich noch keinen) vorstellte. Die Augen waren irr und blickten ziellos in die Weite, die Wangen schienen eingefallen und unter dem Jochbein kauerten graue Schatten. Er schwieg.

Ich regte mich nicht.

Mählich nur schien wieder Leben in ihn zu kommen.

Er setzte sich mühsam zu recht und sagte dann sehr leise:

»Ich weiß, du hast mich gern. Du sollst es wissen, was bisher niemand erfahren hat.«

Und hastig, als fürchtete er in seinem Entschlusse wankend zu werden, fuhr der Rath fort:

»Ich war auf der Lateinschule – wie du. Begeistert von den alten Dichtern, war dein Wunsch – der meine! Dichter zu werden. Und das Schicksal war mir hold. Ich schrieb Lieder, die gelobt und gesungen wurden;

und als ich auf der Universität von Halle meinen Doctor machte, setzte man große Hoffnungen auf mich. Das erste Werk, das ich veröffentlicht hatte, – kleine Geschichten warens – fand Beifall – und mein Glück schien fast zu groß werden zu wollen, als ich in Leipzig, nachdem ich eine bedeutendere Stellung errungen hatte, ein schönes blühendes Mädchen kennen lernte – und sie zu meiner Braut machen durfte. Ich war selig. – Aber der Götter Neid überraschte mich jäh in meinem Jubel. Meine Irmgard fiel einer tückischen Krankheit zum Opfer, kurz vor unserer Vermählung, und mir blieb nichts als die Erinnerung an den süßen, kurzen Liebestraum. Man fürchtete damals für meinen Verstand. – Mit Gewalt riß man mich weg von der blumenbelasteten Truhe, in der das Licht meines Lebens für ewig versenkt war. – Ich floh aus Leipzig fort, weil dort überall die Erinnerung klebte und wohnte in einem einsamen Häuschen hoch im Gebirge. Der wütende wogende Schmerz ebbte allmählich, und es blieb jene stumme Wehmut zurück, aus der die Bilder der Vergangenheit hold und verklärt auftauchen, wie segnende Wassergeister dem schweigenden Waldsee in duftschwülen Sommernächten entschweben ....«

Er stützte das Haupt in die Hand und ließ die letzten Worte langsam und träumerisch verklingen.

Dann sprach er weiter:

»So lebte ich – einsam und still. Aber in dieser Einsamkeit ward ein großer Gedanke wach in meiner Brust:

Ich wollte Irmgarden ein ewig unvergängliches Denkmal setzen – in einem Dichtungswerke in einer gigantischen Riesenschöpfung. Die Welt sollte staunen und beben vor diesem Werke, beben vor heiliger Ehrfurcht und banger Bewunderung.

Feuereifer beseelte mich.

Tag und Nacht schrieb ich.

Die Begeisterung riß mich fort. Ich fühlte, was ich leistete, war übermenschlich, war unsterblich. – Ich erschrak selbst vor dem Feuer, das meinen Worten entlohte und das zünden mußte – zünden – und einen Brand entfachen, einen namenlosen Brand, der über die ganze Welt hinzüngelte und Alles einäschern sollte, was niedrig, was gemein und elend ist! O, ich fühlte Kraft in mir. Kraft, Hünenkraft, die Axe* der Welt zu fassen, sie still zu zwingen, zu zwingen …«

Sein Wort ging pfeifend aus.

Seine Wangen waren rot geworden, er rang nach Atem.

Erschöpft fiel er im Lehnstuhl zurück.

Dann begann er tonlos und matt:

»Ich hab's vollbracht. – Sieben Jahre hindurch habe ich in der Einsamkeit der Hütte emsig und im Feuer

* Veraltet für Achse (lateinisch axis).

einer tödlichen Begeisterung geschaffen. Das Werk war ungeheuerlich geworden. Eine wuchtige Keule für alles Schlechte. Da war mehr drin als Menschenkraft ....

Es war Frühjahr. Just wie heute. Ich hatte den letzten Strich gemacht. Ich fühlte keine Mattigkeit, wenn auch meine Augen verschwollen waren und meine Rechte starr. Ich kniete hin und küßte mein Werk. Ich betete zu meinem Werke; denn ich wußte, daß es göttlich war.

Dann nahm ich Hut und Mantel. Zum ersten Male seit Jahren wollte ich wieder weiter feldein streifen, mich stärken und erfrischen. Und welchen Genuß hauchte diese blaue Lenzluft in meine Seele; tief sog ich sie ein, und es kam über mich wie ein wonniger, tröstender Traum. Das Eis des Kummers, das meine Gefühle seit dem Tode der Geliebten gebannt hatte, schmolz – und ein seliges, unbeschreibliches Empfinden glutete in mir. Ich jauchzte wie ein Kind, folgte den Faltern, pflückte Blüten und schaute den sprudelnden Quellen zu, die talwärts sprangen. So leicht war mir der Fuß, so frei der Blick, wie ich es nie noch empfunden zu haben vermeinte. Stundenlang strich ich waldein – und als ich umkehrte, lag schon die Weihe des Abends auf den wogenden Feldern ...«

Der Rath schwieg wieder und senkte das Haupt.

Plötzlich sah er auf – er packte mich jäh bei der Schulter.

»Ich komme zurück, meine Hütte – brennt!« Er schrie diese Worte, daß ich zitterte. ».. brennt!..« wiederholte jener, als sähe er eben noch das Entsetzliche vor seinen Augen.

»Hineinstürzen, retten! ... Trümmer, Fetzen, Balken .... nichts, nichts.« Tränen erstickten ihm die Stimme. Er schlug die Hände vors Gesicht und brach in ein wildes, schluchzendes Weinen aus.

Mir schnürte es das Herz zusammen.

»Herr Horn, Herr Horn« – stammelte ich – Onkel, wie ich ihm sonst sagte, getraute ich mich nicht ihn in diesem Augenblicke zu nennen, – »Gott – – und Sie haben nicht wieder aufgeschrieben? ...«

Ich bereute diese Frage.

Er sah auf: –

»Den Inhalt Ihres Werkes? ...«

Sein Auge war groß und glanzlos, seine Züge waren hart und verzerrt, als er murmelte: »Ich weiß nicht, was es enthielt ..... ich weiß nicht!«

Fassungslos und fragend schaute ich dem armen Mann in die Augen.

»Nein« – ächzte er – »nein, der Schrecken, der plötzlich, – alle Erinnerung ist fort ... Alles .... Tag und Nacht sinne ich ... Tag und Nacht. Dort siehst du, Paul«, – er wurde ruhiger – »dort auf dem kleinen

Tischchen liegt immer Papier und Feder – und oft erfaßt es mich, als müßte jetzt alles wieder auftauchen .... Nein, nein – nie mehr«, und er lachte, daß ich zusammenschrak.

Er aber füllte mir die Taschen mit Naschereien und schickte mich fort. Ich ging ungern; ich hätte ihn so gerne trösten mögen – aber wie? Auf dem Flur zögerte ich eine Secunde. – Da, da vernahm ich durch die Türe wieder jenes schluchzende, herztötende Weinen und von plötzlicher Furcht ergriffen eilte ich aus dem grauen Hause und drückte die Türe fest hinter mir zu. Das Weinen aber vernahm ich die kommenden Nächte oft im Schlafe, und ich legte mich dann immer rasch auf die andere Seite. Es war so entsetzlich.

In dem Verkehre mit meinem alten Freunde änderte sich dagegen nichts. Er war wieder der lächelnde, gutmütige, freundliche Mann. Nie sprachen wir von der Vergangenheit. Ich scheute es, eine Wunde zu berühren, für die ich ja doch keinen Balsam wußte, und er dankte mir diese zarte Rücksicht mit reichlichen Aufmerksamkeiten und Wohltaten. Ich hatte ihn sehr lieb gewonnen, den Rath; und ich war ihm doppelt zugetan, weil zu dem Gefühle der Sympathie sich noch der Stolz gesellte, der einzige Vertraute seines schrecklichen Schmerzes zu sein.

Es war im Herbst. – Ich betrat wieder das gewohnte

düstere Häuschen, und erschrak heftig, als mir diesmal nicht wie sonst Herr Horn, sondern die alte Dienerin öffnete. – Er sei ein wenig unwohl, brummte sie auf meine Frage. Sie war mir nicht besonders hold, weil ein großer Teil der Gunst, die sie früher allein genießen durfte, auf mich übergegangen war.

Der Rath lag zu Bette und sah recht bleich aus.

Er versuchte zu lächeln.

Es gelang ihm schlecht. Er klagte über heftige Schmerzen in allen Gliedern. Der Arzt schüttelte den Kopf.

Tage gingen hin. Es trat keine Besserung ein. Ich erschien pünktlich täglich um 4 Uhr nachmittags, saß an seinem Bette, las ihm vor oder erzählte Geschichten, die drolligsten, die ich wußte, um ihn zum Lachen zu bringen. – Das gelang freilich selten.

Eines Nachmittages aber, als ich ihn aufsuchte, lehnte er aufrecht in den Kissen und schien viel frischer. Er scherzte wohl auch; und als ich ihn des Abends verließ, hatte ich die Überzeugung, daß mein guter Gönner sicher bald genesen würde.

Herbe Täuschung! Am nächsten Morgen war ich eben auf dem Wege zur Schule, als ich die alte Wirtschafterin des Rathes scheinbar aufgeregt daher trippeln sah.

Mir ahnte Böses.

Lang stammelte das Weib Unverständliches unter

ewigem Schluchzen und Schlucken – endlich brachte sie es hervor:

»Jesus Maria, – er stirbt.« ..

Ich stürmte hinauf.

Der Doctor saß mit sehr ernstem Gesicht am Bettfuße. Er winkte mir zu, leise zu gehen. Ich machte ihm ein Zeichen mit den Augen, er wippte kaum merklich die Schultern.

Ich war trostlos. Kaum wagte ich zu atmen.

In bebender Spannung betrachtete ich das abgezehrte Gesicht in den weißen Kissen – diese faltigen Hände, die nur hie und da leise zuckten ...

Da – plötzlich setzte sich der Rath rasch in den Kissen auf. Sein Auge glühte – seine Lippen bebten ...

»Ich weiß es« – jubelte er.

Und ehe es der Arzt hindern konnte, sprang er mit jugendlichem Ungestüm aus den Decken und stürzte zu dem Tischchen, wo die weißen Bogen lagen.

Wir, starr vor Staunen, folgten nicht so gleich.

Ein leises Röcheln machte uns beben.

Wir sprangen herzu.

Der Rath lehnte weit zurückgeneigt mit geschlossenen Augen im Armstuhl. Auf seinen Zügen glänzte ein glückseliges Lächeln, die Hand hing schlaff herab, die Feder war ihr entfallen.

Der Arzt beugte sich über den Greis.

Er horchte. Ich kniete zur Seite.

Der Doctor seufzte auf. Dann sagte er leise: »Amen«.

Auf dem weißen Bogen aber war der Anfang eines Buchstabens verzerrt und unkenntlich und dann ein verlaufender harter Strich quer über die ganze Fläche. –

Damit schloß mein Ohm und fuhr sich mit dem Taschentuch über die Stirne. –

Mir aber standen die Tränen in den Augen.

Das war die Geschichte vom Rath Horn.

WAS TOBEN DIE HEIDEN? . . .

(Psalm 11.)

Die frühe Dämmerung des Märzabends lastete auf den Straßen der Vorstadt. Das kalte, graue Zwielicht ließ die schmutzigen Façaden der hohen Wohnkasernen noch widerlicher erscheinen, und hie und da beleuchtete schon eine trübe Laterne den kotigen Gangsteig. Aus den Gewölben der Krämer, die ihre Ware unordentlich vor den Türen ihres Ladens aufgestellt oder aufgehangen hatten, stieg ein feuchter dumpfiger Geruch, der vor jedem Verkaufsraum – je nach der Art der feilgebotenen Dinge wechselte oder in einen anderen zerfloß. – Halbnackte Kinder spielten in schmutzigen, zerfetzten Hemden vor den Haustüren, und schleppten an Schnüren unförmige Holzstücke hinter sich her, die die Rolle von Pferdchen vertreten mußten, während die etwas älteren Buben den keilspitzen Kreisel mit kleinen Peitschen unter ekelhaftem Geschrei bis in die Mitte der Straße schleuderten. Mitten dazwischen fuhren schwere Lastwagen, mit Eisenschienen beladen, mit zwei Paar elenden Pferden bespannt, rollten müde Droschken dahin, – und hie und da wand sich der protzenhafte Privatwagen eines Emporkömmlings durch, der von seiner Fabrik in die behagliche Stadtwohnung zurückkehrte. Das Rasseln und Dröhnen der Fahrzeuge, das Johlen der Fuhrleute übertönten sehr dumpfe Schläge vom Turme der Marienkirche. – Und jetzt erklangen von allen Seiten in schrillem Mißton die gellenden Fabrikspfeifen, welche den Feierabend verkündeten. Von allen Seiten drängte es jetzt heraus aus den schwarzen Toren, wo die langen rußigen Gänge, aus den rückwärtsliegenden Arbeitshäusern mündeten. Da quoll es hervor, jenes arme, enterbte Geschlecht, dessen dunkles Dasein zwischen Elend und Gemeinheit sich fortquält. Männer, Weiber, halbwüchsige Knaben und Dirnen in den leeren Augen und auf den schwülstigen Lippen den Ausdruck stumpfer Brutalität, unbewußten, geduldigen Elends. Nur auf mancher Männerlippe der höhnische Trotz halb erloschen – hoffnungslos. – Die Burschen mit den schwarzen Gesichtern mischten sich unter die Dirnen, die in langer Reihe den ganzen Gangsteig einnahmen und stießen sie unter rohen Scherzen her und hin. Die älteren Weiber gingen meist zu zweit, – und die Männer folgten teils allein, teils in Gruppen. Einer unter ihnen hielt ein zerknittertes Zeitungsblatt in der Hand, und schien heftig gestikulierend seiner Umgebung den Inhalt eines Artikels zu erklären. Einige bogen in die abzweigenden Gassen ein und ein großer Teil verlor sich in den Branntweinschenken. –

Indessen war es ganz finster geworden. Die Gaslampen warfen ihr müdes Licht auf die Gassen und jede zeichnete auf dem Boden einen ungewissen verschwommenen Kreis. Ein Windstoß machte die Scheiben der Laternen erklirren, und die Flammen zuckten unstet. – Es begann zu regnen.

Durch eine der einsamsten engen Seitengassen schritt eilig ein Arbeiter. Den Kopf etwas zur Erde geneigt setzte er schwer die Füße auf das unregelmäßige Steinpflaster so, daß die leere Gasse davon widerhallte. Die erloschene Pfeife hielt er im Munde, ohne daß er zu bemerken schien, daß der Knaster nicht brannte. Der Schein einer Laterne huschte über sein Gesicht. Es war sehr ernst. Die Augen starr und ausdruckslos, die Lippen fest zusammengekniffen. Der Weg schien ihm lange. Von Minute zu Minute beschleunigte er seinen Gang. Endlich stand er still. Einen Augenblick holte er Atem. Dann betrat er den engen finsternen Torweg eines vierstöckigen schmalen Vorstadthauses. Ohne auf eine dicke Frau zu achten, die aus der Tür tretend eine Frage an ihn stellte, stieg er, indem er immer zwei Stufen nahm, rastlos vier Treppen aufwärts. Im Vorraum angelangt, schob er die Kinder beiseite, welche den Eingang zu einer der dort mündenden drei Türen besetzt hatten und trat ein. –

Es war eine kleine dumpfige Stube. Auf einem niedrigen Bett lag ein Weib. Die rohe Kotze war bis an das Kinn hinaufgezogen. Der Kopf mit den müden, verglasten, blauumränderten Augen kraftlos auf dem rotgestreiften Kissen zur Seite gesunken. Die eine Hand war in dem wirren schwarzen Haar vergraben, während die andere krampfhaft und zuckend die Decke zusammenballte und abwechselnd wieder losließ. Um die schmalen, farblosen Lippen schlich ein Zug unsäglichen Leidens und unter den weithervorstehenden Jochbeinen schien der Tod zu kauern. – Der Mann neigte sich zu ihr nieder. »Anna«, flüsterte er weich. – Die Kranke sah ihn groß an. Es lag etwas Fremdes, Weltfernes in diesem Blick, das ihn erschauern machte. Sie versuchte zu lächeln. Aber nur ein schmerzliches Zucken entstellte die Lippen, dann trat eine starre, regungslose Ruhe in die verhärmten Züge. Der Lichterschein, der aus dem Fenster, das jenseits des schmalen Lichthofes – auf Schrittweite lag, herüberfiel, erhellte den ärmlichen Raum hinlänglich. – Er enthielt nichts, als das breite niedere Bett – einen elenden Stuhl und einen Herd, dessen schmutzig graue Kacheln lange keine Wärme ausgestrahlt hatten. – Während der Mann sich seufzend auf dem Stuhl neben dem Weibe niederließ, traten die Kinder leise ein. Marie ein Mädchen von etwan 14 Jahren, das kleine zweijährige Brüderchen auf dem Arme. Sie setzte sich auf den Herd, und ließ den Kleinen mit den harten Brotkrumen spielen, die auf der rostigen Platte lagen.

Der Vater bemerkte sie nicht. Er hielt die linke

Hand des Weibes in der seinen, während die Rechte den Kopf stützte. Er dachte und dachte. Nicht geordnet, wirr und gespensterhaft zog die Vergangenheit durch seine Seele. Er liebte dieses Weib. – Das wußte er. Es war *sein* Weib. Freilich vor der Kirche nicht und vorm Pfarrer. Aber vor seinem Herzen und vor den – Kindern. Jahrelang lebte er mit ihr. Sie war treu. Sie hatte für ihn gesorgt, ihm Kinder geschenkt und ... seine Gedanken verwirrten sich. – Er wußte nur, daß sie jetzt krank war, todkrank, wie der Arzt sagte. – Die Kranke rührte sich – er fuhr empor. Sie stammelte einige unverständliche Worte. Sie sprach im Fieber. – Alles war wieder still. – Hie und da lachte der Kleine wenn es ihm gelungen war aus dem harten Brote ein Tor herzustellen. Vom Hof herauf scholl das Kreischen weiblicher Stimmen. Stille. – Er hörte die raschen, pfeifenden Atemzüge seines Weibes. – Und er hob den Kopf und blickte sie an. Der Lichtstrahl von drüben fiel just auf ihr Gesicht. Er sah sie wieder jung, frisch, gesund; und heiße sinnliche Liebe erwachte in ihm. Sein Auge lohte. Er drückte die Hand der Todkranken so fest, daß diese mit leisem Wehruf den Kopf auf die andere Seite wandte.

Sie mußte leben! – Ja warum war sie denn dem Tode verfallen? – Sagte der Arzt nicht selbst kräftige Nahrung .... Die dunklen Brauen des Mannes zogen sich dicht zusammen. Weil er ein Bettler war, mußte sie sterben. – Nein – das sollte nicht geschehen. – Jetzt vernahm er alles auf einmal. Die ermahnende Stimme des Arztes, das Drohen des Hausherrn, der ihn aus dem Hause jagen wollte, wenn er nicht sofort bezahlte, dazwischen das Ächzen der Kranken und den Jammer der Kinder, die Hunger hatten .... Das brach die Kraft des Mannes. Er ließ die Hand des Weibes los und sank starr in sich zusammen. – Aber nur für einen Augenblick. Dann richtete er sich empor. – Gilt *ein* Leben nicht soviel wie das andere? – Liegt es nicht noch in seiner Macht das teure Weib zu retten? Er braucht sich ja nur Geld zu schaffen ... Da draußen, das entlegene Comptoire seines Chefs ... Nur der alte Josef schläft dort im Vorraum – Der alte Cadaver leistet keinen Widerstand .....

Er zuckte jäh zusammen. War das Mord? Und sein Blick fiel auf das in furchtbaren Schmerzen sich krümmende Weib, das eben die Augen aufschlug – so flehend, so hilfesuchend. Er riß sich empor. – Es mußte geschehen so oder so – Leben für Leben.

Rauh hieß er die Kinder sich an das Bett der Mutter setzen. – Dann trat er nahe an den Herd. Machte sich dort mit den Flaschen und Töpfen zu tun, und steckte unbemerkt ein scharfes Messer ein. Ein langes, zweischneidiges. Ein anderes ließ er auf dem Rande der Herdplatte liegen. – Die Sperrhaken und verschiedenartigen Schlüssel, so wie einige scharfe Instrumente trug er noch unter seinem Rock im Arbeitssack. Sonderbar, er hatte heute mehr Werkzeuge mit nach Hause genommen, als er sonst pflegte. – Jetzt trat er noch einmal an das Bett. Beugte sich nieder und drückte einen langen Kuß auf die bleiche Stirn, der Mutter, küßte auch Marie und hieß sie den Kleinen neben die Mutter betten. Dann ging er. – Es war neun Uhr. – Im ersten Stockwerk nur brannte ein mattes Licht, so daß es oben ganz dunkel war im Stiegenhause. – Vor der Tür blieb er noch einmal stehen. Tiefe Stille. – Da aufeinmal hörte er Mariechen, und das Lallen des Kleinen dazwischen:

»Vater unser, der du bist in dem .....«

Eilig stieg er die enge Treppe hinab. –

II.

Mählich lichtete sich die Nacht. – Ein leichter rötlicher Dämmerschein spielte um die hohen, schwarzen Dächer. – In den Straßen aber war es noch dunkel. Nur aus den Milchläden fiel das rote Gaslicht auf den Gangsteig und zeichnete dort einen lichten Kegel. Hie und da rollte ein linnenüberspannter Bauernwagen vorüber, der Waren für den Markt führte. Die Leute darauf hatten dicke Tücher um Hals und Ohren gezogen. Der Morgen war kalt. – Auch dem

Manne schien zu frieren, der in der Mitte der Straße so eilig weiterhastete. Er hielt beide Hände in den Taschen und wich den Wenigen, die des Weges kamen, – in großem Bogen aus. Von Zeit zu Zeit blieb er stehn und schaute sich um. Es war ihm als wankte ein alter Mann schreiend hinter ihm her eine weite klaffende Wunde in der Brust mit großen, blutigen Augen im halb zerschmetterten Schädel. – Aber es war nur sein eigener Schatten, der ihm selbst bei jeder Bewegung ängstlich auswich. – Und er stand wieder. – War das nicht eine Blutspur was da hinter ihm herlief und so dunkel glänzte. Er zitterte. Er bückte sich, tauchte den Finger in die Wagenspur und führte ihn nah an die Augen. Es war fahler, grauer Straßenkot. Da kam ihms zum Lachen. Danach beschleunigte er seine Schritte noch mehr. Jetzt – jetzt hörte er hinter sich laufen. Sein Herz schlug nicht mehr. Er hielt den Atem an. Er mußte sich am nächsten Laternenpfahl halten. Jetzt knapp hinter ihm – Jetzt .... Ein Bäckerbube trollte vorüber – »Bissel flott gezecht, Freunderl! Wie?« rief er dem Wankenden zu und verschwand in der nächsten Seitengasse. – Der Mann aber raffte sich auf, und ging weiter. Er schleppte sich kaum. Es war ihm als ging er nun schon viele, viele Jahre so fort. Was vorher war, das wußte er nicht. – Da klirrte das Geld in seiner Tasche – eilig drückte er die Hand darauf. Er wußte es doch. Aber er wollte schweigen davon. Es war nicht schön zu denken. – Er spürte ihn noch in der Nase, diesen Geruch, von dem Schweiße des alten Mannes – von dem frischen Blute .....

Da wurde schon eine Apotheke aufgemacht. Er ging hinein. Von dem starken Weine von dem Spanischen möcht' er. Der verschlafene Lehrling achtet nicht auf den Mann. Er geht das Verlangte holen. Dem Arbeiter aber scheint es, als habe er in einem fort seine rechte Hand betrachtet. Da richtig – ein kleines Fleckchen – braunrot auf dem Hemdärmel. Er steckte ihn tief unter den Rock – ... tief ... Aber da war es ihm, als wüchse die grobe Leinwand innen von neuem über der Hand hervor und darauf ein Fleck so groß – – – so groß. Der Lehrling gähnte und nannte den Preis, während er die Flasche, sie in den Händen drehend, in ein rotes Papier einschlug. Der Mann bezahlte. Seine Hand zitterte, es war blankes, blankes Silber. – Ohne Gruß ging er.

Endlich war er beim Hause. Das Tor war noch verschlossen. Er öffnete mit dem großen Schlüssel mühsam und ängstlich. – Die schwere Tür fiel hinter ihm jäh in's Schloß. Der Hausmeister, der zufällig über den Gang schritt, sah den Mann mißtrauisch an und murmelte etwas von – Gesindel. – Der aber war schon atemlos im vierten Stockwerke angelangt. – Mariechen stand auf der Schwelle und weinte: »Vater«, rief sie ihm entgegen, »Vater ich fürcht mich. – ... D'Mutter, d'Mutter ....«

Der Unglückliche ahnte Alles. Er stürzte ans Bett. Da lag sein Weib starr und still. Die Augen waren weit, weit offen, aber verschwommen und ohne Ausdruck. Die blauen Lippen halb geöffnet, als wollte sie Luft schöpfen oder reden..... Die Hände so kalt, ... er begann sie zu reiben, zu rütteln..... Alles, Alles umsonst. Da übermannte ihn eine Wut, eine Verzweiflung, er warf das blanke Geld auf die grauen Dielen daß es dröhnte und Marie erschrocken zur Seite sprang. Der Kleine aber erwachte, zupfte an der Decke der Mutter, und als diese still blieb, begann er zu lächeln, in die Händchen zu schlagen, und hatte seine Freude an den hellen, glänzenden Silberstücken, die da auf dem Boden so toll durcheinanderkollerten. Der Vater aber war über dem toten Weibe zusammengebrochen. – Mariechen wagte sich nicht zu rühren, und das Bübchen war zufrieden mit dem neuen Spielzeug.

Endlich richtete der Mann sich auf. Er schickte die Kinder fort. Sie sollten in den Hof gehen und nicht kommen, bis er sie riefe. – Als die beiden aber schon an der Türe waren, rief er sie zurück. Küßte das Mädchen oft auf die blasse Stirn, und herzte auch den Kleinen bis dieser, ob der ungewohnten Liebkosung in Tränen ausbrach. – Jetzt hieß er sie gehen.

Ächzend stand er auf, ging zur Tür und verriegelte

sie von innen. – Dann legte er den Rock ab, – setzte sich auf den Bettrand zu seinem toten Weib und verharrte eine Weile regungslos. Jetzt begann er nochmals die kalten Glieder zu reiben und auf die bleichen, gespannten Lippen zu hauchen. Und ihm war, als stiege eine leichte Röte in die eingefallenen Wangen. In fieberhafter Hast holte er die Flasche mit dem Weine, brach ihr den Hals an der Sessellehne, und flößte aus der hohlen Hand einige Tropfen den klaffenden Lippen ein. Aber es füllte sich nur die Mundhöhle und dann floß der dickflüssige rote Trank der Toten über das bleiche, spitzige Kinn. – Da schien es ihm es wäre Blut! Er warf die Flasche von sich. Hat er auch dieses Weib gemordet? *Sein* Weib? – Ein Schauer schüttelte die nervigen Glieder. –

Er glitt vom Bettrand herab – und sank vor einem alten verblichenen Christusbilde – dem einzigen im Zimmer – auf die Knie. – Er hob die breiten, braunen Hände hoch über den Kopf. Seine Lippen zitterten. Vielleicht betete er. Aber laut schrie er nur: Jesus Maria! –

Es war indessen ganz Tag geworden. Er erhob sich. – Er wankte ein paar Mal in der Stube umher; dann trat er an das Fenster. Graue, leichte Wolken deckten den Himmel, da und dort aber blickte ein Stückchen blasses Blau hervor. – Er wandte sich jäh um, trat an den Herd. Dort lag noch das Messer, jenes zweite. – Er setzte sich auf den Rand der Platte. – Die Augen weit in die Ferne gerichtet, leer und gleichgültig; er faßte die Klinge. Langsam durchschnitt er die Pulsadern. – Kein Muskel zuckte in seinem fahlen Antlitz. Dann bemerkte er das Blut. Das Blut, das von seinen Handgelenken niederrann. – Er fürchtete dieses Blut. Er wollte ihm entfliehn. Er sprang auf. Aber schon an dem Bette seines Weibes sank er kraftlos nieder. Quer über sie lag er. Langsam aber reichlich quoll das rote Blut unter den Hemdsärmeln hervor und versickerte in dem rohen Leinen des Bettuches.

Durchs Fenster aber blickte die kalte Märzsonne. Ein Strahl verirrte sich in die Stube und spielte wie ein glückseliges Lächeln um die Lippen der Toten. Im Treppenhause dröhnten schwere Schritte und klirrten Säbel.

Aus dem Hofe aber scholl leise Mariechens helle Kinderstimme, die das heute so früh gestörte Brüderchen einwiegte:

Schlaf, schlaf fein sacht ...
Schutzenglein wacht! ....

ANHANG

ZU DIESER AUSGABE[1]

Die Erzählung *Der Rath Horn* wird hier zum ersten Mal veröffentlicht und beruht auf der Handschrift Nr. 258, die im Rilke-Archiv Gernsbach aufbewahrt wird. Das Manuskript – von Rilke als 6. einer Novellenreihe numeriert – stellt die eigenhändige erste Niederschrift des Textes dar. Es ist in deutscher Schrift geschrieben und besteht aus acht nicht numerierten beidseitig in schwarzer Tinte beschriebenen Blättern österreichischen Kanzleipapiers (35 cm × 21 cm). Die Überschrift – *Der Rath Horn* – wird auf einem Einzelblatt in lateinischer Schrift aufgeführt, ebenfalls mit schwarzer Tinte. Im Rilke-Archiv Gernsbach befindet sich auch eine Abschrift dieser Erzählung (Ms. 259). Diese Handschrift besteht aus sechzehn durchpaginierten Foliobögen, von denen lediglich die Seiten mit geraden Zahlen beschrieben sind. Die Abschrift unterscheidet sich kaum von der ersten Niederschrift: die Änderungen, die Rilke vornahm, sind nicht inhaltlicher Natur, sondern betreffen ausschließlich die Schreibweise einiger Wörter und die Interpunktion.

Beide Handschriften sind undatiert. Über Entstehungsdatum und -ort liegen bislang noch keine brieflichen Selbstzeugnisse vor.

Die Erzählung wird in der vorliegenden Ausgabe möglichst authentisch wiedergegeben. Flüchtigkeiten und Unregelmäßigkeiten der vorgefundenen Fassung – offensichtliche Verschreibungen und weggelassene Kommata – wie sie in den ersten Niederschriften des jungen Rilke häufig vorkamen und in der Reinschrift für den Verlag meist verbessert wurden – sind stillschweigend korrigiert worden. Die Groß- und Kleinschreibung, auch von Adjekti-

1 Mein Dank am Zustandekommen dieser Ausgabe gilt Frau Hella Sieber-Rilke vom Rilke-Archiv Gernsbach, die mich in meiner Beschäftigung mit Rilke stets unterstützte.

ven und Pronomen, blieb weitgehend erhalten, gelegentliche Verwechslungen von *ß* und *s* wurden korrigiert, ebenso die lautlich nicht relevante Schreibung von *th* modernisiert (ausgenommen *Rath Horn*). Fremdwörter und Austriazismen wurden, zum Erhalt des zeitlichen Kolorits, nicht verändert. Moira Paleari

Die Erzählung *Was toben die Heiden? . . .* wurde erstmals 1996, in dem von August Stahl herausgegebenen Band 4, *Prosa und Dramen*, der Ausgabe: *Werke.* Kommentierte Ausgabe in vier Bänden. Herausgegeben von Manfred Engel, Ulrich Fülleborn, Horst Nalewski, August Stahl. Insel Verlag, veröffentlicht. Sie war gleichfalls für den Novellenband »Was toben die Heiden« vorgesehen, und zwar als neunte Erzählung, wie aus der mit blauem Stift auf dem Manuskript eingetragenen Zahl »9.« ersichtlich ist. Zum Text gehört ein nicht eigenhändig mit blauem Stift beschriebener Umschlagbogen mit der Aufschrift: »René Maria Rilke, Was toben die Heiden und andere Novellen« und einer eigenhändig mit schwarzer Tinte geschriebenen Widmung am Schluß: »Meinem Daimónion«, ›Daimónion‹ in griechischen Buchstaben.

Der Druck erfolgte nach der Handschrift Nr. 267 des Rilke-Archivs Gernsbach. Die eigenhändige Niederschrift des Textes auf sechs numerierten Seiten (I-VI) weist zahlreiche Korrekturen auf, Streichungen und Nachträge am Rand oder über bzw. unter der Zeile, aber die endgültige Gestalt ist sicher zu erkennen. Eine Reinschrift existiert nicht.

Der Text wurde in der gleichen Weise wie *Der Rath Horn* nach den editorischen Prinzipien bearbeitet, die Ernst Zinn für die Ausgabe *Sämtliche Werke* (Insel Verlag 1955-1965) entwickelt hat.

August Stahl

NACHWORT

Die Erzählungen *Der Rath Horn* und *Was toben die Heiden?...* reichen in die Jahre 1891 bis 1896 zurück, in denen der junge René Rilke – Rainer wird er sich erst ab Sommer 1897 nennen – während seiner Schul- und Studienzeit zugleich die ersten Schritte in der Dichtkunst unternahm. Es war eine Zeit voller Umbrüche: Nach seinem Wechsel von der Militär-Unterrealschule St. Pölten (in die er 1886 als Stipendiat eingetreten war) an die Militär-Oberrealschule Mährisch-Weißkirchen hatte er diese im April 1891 verlassen und Mitte September 1891 eine auf drei Jahre angelegte Ausbildung an der Handelsakademie in Linz begonnen, brach sie aber bereits im darauffolgenden Jahr wieder ab. Von Sommer 1892 an bereitete er sich in einem privaten Gymnasialstudium drei Jahre lang auf das Abitur vor, das er im Juli 1895 am Graben-Gymnasium in Prag »Mit Auszeichnung« bestand. Im Anschluß daran ließ er sich als Student für Kunstgeschichte, Literaturgeschichte und Philosophie an der Carl-Ferdinands-Universität in Prag immatrikulieren; ab September 1896 setzte er seine Studien an der Universität in München fort.

Rilke wird in der Rückschau von diesen Jahren sagen: Die »von Leistung aller Art überstürzten Jahre waren zugleich die meiner frühesten, oft, trotz aller Pflichten und Aufgaben, recht lebhaften Produktivität; meine zeitigsten Publikationen stammen aus ihr« (An Hermann Pongs, 17. 8.1924). Es sind die Jahre, in denen er seinen Entschluß, Dichter zu werden, entschieden festigte und sich an Lyrik, Drama und Prosa versuchte. »Freundin Poesie« – so der 17jährige Rilke an seinen St. Pöltener Deutschlehrer Cäsar von Sedlakowitz am 30. Dezember 1892 – verdrängte mehr und mehr den Gedanken an eine Militärlaufbahn. Angekündigt hatte sich dies bereits im Juli 1891, als Rilke an seine Mutter schrieb, er sei nun »ganz Literat« geworden.

Die literarischen Anfänge Rilkes standen im Zeichen der Suche nach einem persönlichen Stil und nach dem ihm gemäßen Genre. Im Februar 1891, noch in Mährisch-Weißkirchen, beendete er den in St. Pölten begonnenen ersten Band einer *Geschichte des Dreißigjährigen Kriegs*, nach seinem Abgang von der Schule den zweiten. Anfang September veröffentlichte er im Rahmen eines Preisausschreibens sein erstes Gedicht. Als Handelsschüler in Linz schrieb er einen großen Teil der Gedichte, die erst 1894 in der Sammlung *Leben und Lieder* erschienen, dazu einige Gelegenheitsgedichte, ferner vierzehn Erzählungen – darunter möglicherweise die beiden in dieser Ausgabe veröffentlichten – und dramatische Skizzen, wie *Der Thurm*.

In Prag entstanden weitere Erzählungen, so *Das Christkind (1893)*, *Feder und Schwert*, Rilkes erste, im April 1893 gedruckte Prosaarbeit, *Die Näherin* (Jahresende 1894, für die Sammlung *Was toben die Heiden* bestimmt), die Psychodramen *Murillo* (1894) und *Die Hochzeitsmenuett* (1894/95) sowie das Drama *Im Frühfrost* (1895), das erste seiner Stücke, das verlegt wird. Im Dezember 1895 erschien sein zweiter Gedichtband, *Larenopfer*.

Und so überrascht es nicht, daß er Ende Januar 1896 für die aktualisierte Auflage von Franz Brümmers *Lexikon der deutschen Dichter und Prosaisten des 19. Jahrhunderts* einen autobiographischen Artikel verfaßte, der recht selbstbewußt klingt: »Rilke, René Maria Caesar, geboren zu Prag am 4. Dezember 1875, gegenwärtig Schriftleiter von ›Jung-

Deutschland und Jung-Oesterreich‹. Mein Motto: patior ut potiar. Für die Gegenwart hege ich heißes Streben nach Licht, für die Zukunft eine Hoffnung und eine Furcht. Hoffnung: Inneren Frieden und Schaffensfreude. Furcht (als erblich nervös belastet): Wahnsinn! Ich bin tätig auf dem Gebiete des Dramas ..., Novelle und Skizze (viele Arbeiten zerstreut in mehr denn 20 Zeitschriften. Demnächst gesammelt), Lyrik, Psychodrama, Kritik etc.«

Von den zahlreichen Prosaarbeiten, deren Erscheinen mit dieser Selbstdarstellung für ›demnächst‹ angekündigt wurde, druckte zwei (Mitte März und Anfang April 1896, gleichzeitig mit dem Drama *Jetzt und in der Stunde unseres Absterbens* in den ›Wegwarten‹) die Prager ›Deutsche Rundschau‹ ab: *Und doch in den Tod* und *Das Ereignis*. Beide gehörten zu der Sammlung, die Rilke anfangs »Totentänze. Zwielicht-Skizzen aus unseren Tagen« nannte, später als »in Bälde« erscheinende Erzählsammlung »Was toben die Heiden« bezeichnete, und aus der er im Juni 1896 in der Sommerbeilage der Zeitschrift ›Politik‹ die Erzählung *Ihr Opfer* drucken ließ. So aktiv sich Rilke einerseits von Frühjahr 1896 an um die Veröffentlichung seiner wohl mehr als zwanzig Erzählungen umfassenden Sammlung bemühte, so offensichtlich unzufrieden war er mit einzelnen Texten bereits zur Zeit ihres Entstehens. Er bat Ludwig Ganghofer um Rat, auch den Verleger Adolf Bonz, reagierte auf beider Hinweise mit Umarbeitungen oder mit Austausch durch neuere Texte und veröffentlichte schließlich im März 1898 doch nur einige der ›Prosa-Skizzen‹, in der nach mehreren verworfenen Titeln *Am Leben hin* genannten Sammlung. Vorausgegangen war die entscheidende Begegnung mit Lou Andreas-Salomé, in deren Folge er seinem Novellenbuch

»eine ganz neue Form verliehen« hatte (An Ludwig Ganghofer, 7. 10. 1897).

Die beiden Erzählungen *Der Rath Horn* und *Was toben die Heiden?* ... zählte Rilke offensichtlich zu den »schwächeren Skizzen«, die auch in der Folgezeit von Veröffentlichungen ausgeschlossen blieben. Selbst in die von Fritz Adolf Hünich zusammengestellte Ausgabe der Werke *Aus der Frühzeit Rainer Maria Rilkes* (1921) wurden sie nicht aufgenommen. Rilke schrieb nach deren Erscheinen an den Herausgeber: »Wär doch das Alles ein für alle Mal verloren geblieben; es kann nur dazu beitragen, das Eigentliche zu trüben, und bezeichnet einen falschen Ausgangspunkt der in den reinen Werkraum aufsteigenden Kurve.«

Rilke verschob die Grenze zwischen seinem eigentlichen, von ihm akzeptierten, und dem innerlich abgelehnten, ja verleugneten Werk seiner »zeitigste(n) Jugend« im Lauf seines Lebens immer weiter nach vorn. Als Anfang Dezember 1896 bei Friesenhahn in Leipzig unter dem Titel *Traumgekrönt* »Neue Gedichte von René Maria Rilke« erschienen, markierten sie in den Augen des jungen Dichters den Neubeginn: »Wenn ich mein Drama ›Jetzt und in der Stunde des Absterbens‹ ... neben eine der späteren Arbeiten lege«, schrieb er von München aus an die Mutter, »glaube ich zu empfinden, daß ich über das Ungesunde, Zersetzende meines ›Sturm und Drang‹ hinaus bin.« 1904 wird er als sein »eigentlich erstes Buch« erst den 1899 unter dem Namen Rainer Maria Rilke erschienenen Gedichtband *Mir zur Feier* bezeichnen (An Ellen Key, 3. 3. 1904). Mit nahezu gleichen Worten verwarf er ein Leben lang sein frühestes Werk immer wieder als das einer Lebensphase, in der er »weder redlich bemüht, noch eigentlich *wahr* zu sein vermochte« (An Fritz A. Hünich, 19. 2. 1919).

Rilke war in dieser Zeit um eine gehobene Sprache und poesievolle Ausdrucksweise bemüht, er befand sich auf der Suche nach einem eigenen Ton, aber noch nicht auf der nach der eigenen Aussage. Er wollte in erster Linie anerkannt werden, stand unter dem Einfluß der neuromantischen Literatur Prags und den realistischen Tendenzen des Naturalismus, bevor er zum »Eigenen« fand. Was seine ersten Prosaarbeiten – überwiegend anrührende, durch mehr oder weniger verschlüsselte autobiographische Episoden geprägte Geschichten – dennoch lesenswert erscheinen läßt, ist ihr Bestimmt-Sein von den Themen, die in den verschiedensten Nuancierungen das gesamte Werk des Dichters begleiten: Kindheit, Liebe, Armut, Künstlertum und Tod. Die frühesten Erzählungen bilden den Ausgangspunkt eines thematischen Kreises, den Rilke mit seinen *Aufzeichnungen des Malte Laurids Brigge* weiterführen und mit seinen späteren Dichtungen schließen wird.

Der Rath Horn

Im Mittelpunkt der Erzählung *Der Rath Horn* steht der künstlerische Schaffensprozeß mit all seinen Höhen und Tiefen. Rilke führt dieses Thema so langsam ein, als würde er genau das befolgen, was er 1893 in einem Aufsatz über Goethes Gedicht *Der Wanderer* vom Dichter forderte:

> Das ist des Dichters wahre, erhabene Kunst, dem Leser die Begebnisse, die er erzählt, so lebhaft vor Augen zu

> führen, – daß ihm die Gegenwart und seine ganze Umgebung zu entfliehen scheint, und daß er nicht nur ein Kunstwerk empfindet, sondern über dessen klarer Natürlichkeit die Kunst vergißt, und die Begebenheit – miterlebt. Es muß dem Leser gehen, wie jenem Manne, dem in einem Guckkasten eine prachtvolle Landschaft gezeigt wurde, in die er sich dermaßen vertiefte, daß er den Duft der Blumen zu spüren und das leise Säuseln der Blätter wahrzunehmen vermeinte.

Rilke stellt die Handlung zunächst in einen Rahmen: Die Geschichte, die der Ich-Erzähler ausbreitet, sei diesem einst selbst erzählt worden. Dann erst wird die Hauptfigur, ein einsamer, alternder Sonderling, vorgestellt, dessen Namen, Rath Horn, schon der Titel ankündigte. Und ebenso allmählich wird der Blick auf die Kunst gerichtet, als der Rath den kleinen Paul fragt, was er einmal werden wolle, und dieser antwortet, er würde gern ein Dichter werden. Das kurze Gespräch wird zum Ausgangspunkt der eigentlichen Geschichte über das Leben des Kaspar Horn und über dessen tragisches Schicksal als Mensch und Dichter.

Das Motiv der Berufung zum Dichter ist in dieser Erzählung von der Entwicklung der Hauptgestalt bestimmt: Kaspar Horn verkörpert zunächst den erfolgreichen Dichter, der erst durch den Tod der Geliebten jede Begeisterung für sein künstlerisches Schaffen verliert und zu einem einsamen Menschen wird. Als er später durch die Dichtkunst seine Kraft wiedererlangt – mit einem großen Werk, gedacht als »ein ewig unvergängliches Denkmal« für seine Gefährtin –, findet die zurückgewonnene künstlerische Energie abermals ein jähes Ende: Ein Feuer zerstört das gerade abgeschlossene Manuskript; und Kaspar Horn verstummt als Dichter.

Leid und Einsamkeit kennzeichnen auch andere Künstlergestalten Rilkes: Der Dichter Gaudolf (*Eine Tote*) muß den Verlust seiner Geliebten hinnehmen; in der Erzähl-Sammlung *Am Leben hin* wird das Alleinsein des Künstlers in den Figuren Prokopp (*Kismét*), Werner (*Alle in Einer*) und Gerhard (*Einig*) thematisiert; Kasimir (*Im Gespräch*) opfert sein Leben für die Kunst; Ewald Tragy durchlebt das Außenseitertum des Dichters in einer kleinbürgerlichen Gesellschaft, und Malte Laurids Brigge muß die gleiche Situation noch verstärkter durchleiden.

Zu den Motiven von Leid und Einsamkeit des Künstlers tritt häufig das der Krankheit, wodurch die Tragik des Künstlerdaseins betont wird: Kaspar Horn verspürt heftige Schmerzen, seine Augen glühen, und seine Lippen beben; Ewald Tragy wird von Wachträumen geängstigt und der kleine Malte von der Furcht vor dem Großen, das wie ein nicht zu ihm gehörender Teil aus ihm herauswächst.

Die Kontinuität, mit der sich Rilke mit Fragen des dichterischen Schaffens auseinandersetzte, ist auffällig und bemerkenswert: Einerseits verarbeitete er dabei persönliche Erfahrungen; andererseits beschäftigte er sich auch theoretisch mit diesem Thema. Man denke nur an die Jahre von 1895 bis 1905, in denen Werke wie *Ewald Tragy* und *Die Aufzeichnungen des Malte Laurids Brigge* entstanden und Rilke in zahlreichen Essays und Betrachtungen, wie *Moderne Lyrik* (1898), *Über Kunst* (1898), *Das Florenzer Tagebuch* (1898) oder *Auguste Rodin* (1902), seine Leitgedanken über Kunst formulierte.

Auch die Erzählung *Der Rath Horn* dürfte durch eigene

Erlebnisse inspiriert sein. Der junge René war mit seinen etwa 16 Jahren genausoalt wie der Schüler Paul, und er strebte wie dieser, und wie einst der Rath Horn, den Beruf des Dichters an. Außerdem neigte auch René seit seiner Militärschulzeit zu Krankheiten.

Die Motive Liebe und Tod, die für die Geschichte ebenso wichtig sind, lassen sich dagegen weniger auf die Biographie des Dichters zurückführen; sie könnten eher von Büchern veranlaßt sein, die Rilke als junger Mensch las. 1892 waren das unter anderem Goethes *Wahlverwandtschaften* und *Die Leiden des jungen Werther.* In ihnen spielen, wie in Rilkes frühester Prosa, die Gegensätze Leben und Tod, der Tod als Fügung des Schicksals, die unglückliche Liebe und die innere Unruhe der Charaktere eine dominierende Rolle.

Im *Rath Horn* erscheint die Liebe als ein erfüllter Zustand, der jedoch durch den schicksalhaften Tod Irmgards (»der Götter Neid überraschte mich jäh in meinem Jubel«) zum Auslöser für Vereinsamung und Verzweiflung Kaspar Horns wird. Der Tod bestimmt nicht nur in dieser Hinsicht vordergründiger als die Liebe den Handlungsverlauf. Kaspar Horn muß nach dem Verlust der Geliebten die Zerstörung seines Manuskripts und das Verlöschen seines dichterischen Vermögens erleiden; und der Tod setzt auch den Endpunkt der Erzählung. Das Sterben des Rath Horn wird als tragische und zugleich glückliche Szene beschrieben: Kaspar Horn erinnert sich im Moment des Sterbens an den vergessenen – oder verdrängten – Inhalt seines größten Werks.

Die Elemente Kunst, Liebe und Tod sind in der Geschichte des Rath Horn durch den lyrischen Überschwang des Erzählenden verbunden. Eine bildhafte Sprache, reich an Alliterationen und Metaphern, sowie ein durch kurze Sätze und Dialoge skandierter Rhythmus kennzeichnen diese und die anderen frühesten Erzählungen Rilkes und geben ihnen dadurch einen neuromantischen, Einflüsse der zeitgenössischen Prager Literatur nahelegenden Anstrich.

Was toben die Heiden?...

Rilkes Erzählung *Was toben die Heiden?...* ist als eine Antwort auf Psalm II, 1: »Was toben die Heiden und murren die Völker so vergeblich?« zu verstehen, als Antwort auf die Frage nach dem Grund des Aufbegehrens des Menschen gegen Gottes Ratschlüsse.

Die einfach strukturierte Geschichte beginnt mit der an naturalistischen Vorbildern orientierten Beschreibung einer ärmlichen Vorstadt, ähnlich dem von Arbeitersiedlungen geprägten Prager Industrieviertel Smichow, das Rilke 1891 kennengelernt hatte, als er dort in der von seinem Onkel Jaroslav gemieteten ›Villa Excelsior‹ die Sommermonate verbrachte. Doch anders als in späteren Werken, etwa den *Geschichten vom lieben Gott* (1904), sieht Rilke in *Was toben die Heiden?...* Armut nicht als einen privilegierten Zustand derjenigen an, die zwar materielle Not leiden, dafür aber die wichtigsten immateriellen Güter – Gerechtigkeit und Wahrheit – besitzen, sondern als eine traurige, hilflose Lage der von ihr Betroffenen.

Das Schicksal der Arbeiter-Familie steht für das grausame Los notleidender Menschen und für die Aussichtslosigkeit ihres Daseins. Der Vater ist in einer verzweifelten Lage; ihm fehlt das Geld, um Medikamente für seine todkranke Frau und Nahrung für die Kinder zu kaufen. Seine Hoffnungslosigkeit treibt ihn zuerst zu einem Mord und schließlich dazu, Selbstmord zu begehen.

Rilke erzählt effektvoll und mitreißend in einer bildhaften Sprache, die der Aufmerksamkeit des Lesers keine Entspannung gönnt. Zahlreiche Beiwörter unterstützen die Genauigkeit der Schilderung; Farbadjektive und lautmalende Verben verstärken den nachhaltigen Eindruck der nur in Umrissen angedeuteten Geschehnisse. All dies läßt die eigentliche ›Hauptfigur‹ der Geschichte, die Armut, deutlich in den Vordergrund treten. Die handelnden Personen werden nur soweit charakterisiert, als dies zur Gestaltung des Hauptmotivs und der mit ihm zusammenhängenden Folgen beiträgt. Die todkranke Anna und ihr Mann sind Personifikationen des elenden Zustands, in dem sich die gesamte Familie befindet, die Kinder unschuldige Opfer des Hungers.

Die Erzählung ist unterschwellig nicht frei von Angriffen gegen die Religion und gegen die Gesellschaft. Wenn sich der Arbeiter das Leben nimmt, so wird damit die Wirkung der Religion als Trost Gottes abgelehnt. Rilke hat sich in seinen späteren Werken mit einer gewissen Kontinuität der christlichen Religion zugewandt und ist dabei zu einer immer deutlicheren Ablehnung des institutionalisierten Christentums gelangt, das den Menschen seinem Gott entfremdet und ihm so seinen wahren Glauben genommen hat.

Rilkes Sicht auf den sozialen Zustand der Gesellschaft wird in *Was toben die Heiden?...* an der mit Kontrasten arbeitenden Beschreibung des Arbeiterviertels deutlich: »Mitten dazwischen fuhren schwere Lastwagen, mit Eisenschienen beladen, mit zwei Paar elenden Pferden bespannt, rollten müde Droschken dahin, – und hie und da wand sich der protzenhafte Privatwagen eines Emporkömmlings durch, der von seiner Fabrik in die behagliche Stadtwohnung zurückkehrte«. Die Kritik wird weitergeführt in den *Zwei Prager Geschichten* (1897) und in *Die Letzten* (1898-1899), auch im *Brief des jungen Arbeiters* (1922), doch ist sie bei aller Kontinuität kein eigentliches Anliegen des Dichters, sondern Teil seiner auf dichterische Vollkommenheit orientierten poetischen Verfahren. Die Poesie soll alles überleben und die Wirklichkeit verwandeln können. »Ist es möglich?«, fragt Rilke im *Malte*. »Ja, es ist möglich [...] Der Dichter wird sich fünf Treppen hoch hinsetzen müssen und schreiben, Tag und Nacht. Ja er wird schreiben müssen, das wird das Ende sein«.

Die Literaturwissenschaftler haben, mitverursacht durch des Dichters eigene Auffassung von der Wertlosigkeit all dessen, was er vor 1901 geschrieben hat, den frühesten Prosatexten Rilkes zumeist wenig Aufmerksamkeit geschenkt. Die vorliegende Ausgabe macht es sich nicht zur Aufgabe, das aus Rilkes Sicht durchaus berechtigte Urteil zu relativieren, sie will vielmehr den Blick für einen Sachverhalt schärfen, den Rilke selbst in einem Brief an Stefan Zweig vom 14. Februar 1907 treffend formuliert hat:

> Ich weiß nicht, welchen Platz jene jugendlichen Arbeiten beanspruchen dürfen und ob ihnen überhaupt einer zukommt. Sie haben mir immer mehr ihre Unzulänglichkeit zugekehrt: ich verleugne sie nicht, aber es scheint mir, als ob ich so sehr Eines und immer wieder dieses Eine zu sagen hätte, daß sie später einfach

ersetzt worden sind durch den besseren und erwachseneren Ausdruck und so überhaupt nur etwas wie überlebende Provisorien darstellen, dem Definitiven gegenüber. Und wie weit ist das Spätere auch wirklich schon endgültig, definitiv?

Heidelberg, im Mai 2000 *Moira Paleari*

INHALT